O guarani

José de Alencar

adaptação de Edy Lima

ilustrações de Ricardo Costa

editora scipione

Gerência editorial
Sâmia Rios
Edição
Maria Viana
Assistência editorial
José Paulo Brait
Preparação de texto
Adilson Miguel
Revisão
Thiago Barbalho
Edição de arte
Marisa Iniesta Martin
Diagramação
Fabiane de Oliveira Carvalho
Programação visual de capa, miolo e encarte
Aída Cassiano

editora scipione

Avenida das Nações Unidas, 7221
Pinheiros – São Paulo – SP – CEP 05425-902
Atendimento ao cliente: (0xx11) 4003-3061

www.aticascipione.com.br
atendimento@aticascipione.com.br

2023
ISBN 978-85-262-6034-4 – AL
Cód. do livro CL: 731181
CAE: 207024
1.ª EDIÇÃO
11.ª impressão
Impressão e acabamento
Forma Certa Gráfica Digital

Dados Internacionais de Catalogação na Publicação (CIP)
(Câmara Brasileira do Livro, SP, Brasil)

Lima, Edy

O guarani / José de Alencar; adaptação de Edy Lima; ilustrações de Ricardo Costa. – São Paulo: Scipione, 2005. (Série Reencontro infantil)

1. Literatura infantojuvenil I. Alencar, José de, 1829-1877. II. Costa, Ricardo. III.Título. IV. Série.

05-6439 CDD-028.5

Índices para catálogo sistemático:
1. Literatura infantil 028.5
2. Literatura infantojuvenil 028.5

Sumário

O encontro

– Cuidado!

O grito cortou o ar, e o índio, saindo do meio das árvores, segurou a pedra que despencava do penhasco, no lugar exato em que estava Cecília. A moça correu para onde a família fazia um piquenique e se refugiou junto ao pai.

O fidalgo D. Antônio de Mariz, sua esposa D. Lauriana, a filha Cecília e a sobrinha Isabel viviam ali perto em um solar cercado por muralhas. Naquela tarde de verão tinham vindo passear nos beirais da serra, como faziam de vez em quando e que era uma das poucas distrações da família em lugar tão remoto.

O índio, após seu feito heroico, deixou a pedra cair no abismo.

Era o fim do século dezessete, na serra dos Órgãos, época em que os brancos tentavam penetrar no interior da terra em busca de riquezas.

D. Antônio de Mariz, alguns anos atrás, construíra às margens do rio Paquequer uma verdadeira fortaleza, de difícil acesso, que servia de moradia e ponto de partida de entradas para o interior. Ao contrário de outros desbravadores, não pretendia voltar a viver na cidade, embora mantivesse contato, através de caravanas, com o Rio de Janeiro, onde comerciava ouro e pedras preciosas e se abastecia de tecidos, alimentos, bebidas finas, armas e munição. Sentia-se senhor de seu território e não desejava nada além disso.

Sabia um pouco de guarani para se comunicar com os indígenas, que na maioria das vezes também conheciam alguns rudimentos de português, o que bastava para o contato entre ambos os povos.

Emocionado com a coragem e destreza do índio, que acabava de salvar a vida de sua filha, adiantou-se em sua direção agradecendo:

– Sou teu devedor, acabas de devolver a vida à minha filha, e não sei como retribuir.

– Nada a retribuir.

– Sou D. Antônio de Mariz, dono daquele solar e comandante de muitos homens.

– Eu sou Peri, guarani, da nação Goitacaz, filho de Ararê e primeiro entre os seus.

D. Antônio continuou:

– Fico orgulhoso em conhecer-te e apresento minha esposa Lauriana, minha filha Cecília e minha sobrinha Isabel.

Cecília sorriu para Peri e acrescentou:

– Salvaste minha vida, e nunca poderei pagar-te essa dívida.

– Não deves nada a Peri.

– Pelo menos aceita minha amizade.

– Peri aceita a amizade de Ceci.

Foi assim que Peri passou a chamá-la desde aquele instante: Ceci.

D. Antônio acrescentou:

– Peri é nosso convidado para vir até nossa casa e nos dar o prazer de sua companhia.

D. Lauriana sentia-se grata ao índio por ter salvo a vida de sua filha, mas não conseguia entender que a dívida de gratidão os tornasse iguais e amigos. Isabel, entretanto, com sangue indígena por parte de mãe, percebeu a atração de alguém de sua raça pela prima. Talvez tenha sido a única a notar que o índio estava enamorado.

O guerreiro goitacaz aceitou o convite.

Os rivais

Não longe dali, adiantava-se por uma picada aberta na mata um grupo de cerca de quinze pessoas. Naquele tempo dava-se o nome de bandeira a essas caravanas de homens armados que se adentravam pelo sertão do Brasil em busca de ouro, brilhantes e esmeraldas, ou à descoberta de rios e terras ainda desconhecidas. A que nesse momento costeava a margem do rio Paraíba era formada por gente a serviço de D. Antônio de Mariz e voltava do Rio de Janeiro, onde fora vender produtos de suas expedições pelos terrenos auríferos e comprar mantimentos, tecidos, armas e munições.

À frente do grupo iam a pé dois homens que tocavam alguns animais carregados de caixas e outros volumes. Quando os cavaleiros armados que os seguiam se aproximavam, os caminheiros montavam na garupa dos animais de carga e retomavam a dianteira.

Em uma das ocasiões em que os cavaleiros se aproximaram, o jovem Álvaro de Sá, que era o chefe do grupo, falou aos tropeiros:

– Estamos muito perto; convém apressar o passo para chegarmos antes que anoiteça.

Um dos viajantes, ao ouvir essas palavras, emparelhou seu cavalo com o do moço e disse:

– Ao que parece, tendes pressa de chegar, senhor Álvaro de Sá.

– Não há nada mais natural a quem viaja do que o desejo de voltar para casa.

– Concordo, mas também nada mais *natural* a quem viaja do que poupar seus animais.

– Que pretendeis dizer com isso, senhor Loredano?

– Quero apenas *dizer* que chegaremos hoje antes das seis horas.

Álvaro não respondeu, mas ficou irritado ao perceber que o italiano conhecia seu segredo. Estava certo de que o outro falara na prece que se realizava às seis horas, por ser a ocasião em que poderia se aproximar de Cecília.

Sua pretensão de ser aceito pela moça, com consentimento de D. Antônio, não era fora de propósito, porque sua família era tão boa quanto os Mariz e, portanto, não haveria impedimento nesse sentido.

Por outro lado, apesar de só ter vinte e oito anos, fazia dez anos que servia D. Antônio, de fato desde que o fidalgo viera para essas terras e construíra aquela fortaleza-residência no sertão, como se vivesse num exílio voluntário.

Quanto a Loredano, não passava de um aventureiro como todos os outros que trabalhavam para D. Antônio e que vinham de qualquer lugar e se alistavam com compromissos semimilitares de obediência, recebendo alguma participação nas descobertas auríferas. Em geral tratava-se de gente desclassificada, sendo que Loredano juntara-se havia pouco aos homens que serviam D. Antônio.

O que D. Álvaro não sabia eram as razões do italiano em ter procurado D. Antônio em busca de trabalho. Loredano tinha entrado no Brasil, então colônia portuguesa e fechada a imigrantes de outras nacionalidades, através de uma ordem religiosa, que abandonara ao encontrar o mapa das famosas minas de prata de Robério Dias.

Escondido o mapa em lugar seguro, restava encontrar comparsas para a busca. Sem dinheiro para financiar tamanha empresa, incorporou-se ao pessoal de D. Antônio para aliciar companheiros entre homens que conheciam bem o sertão e eram movidos pela ganância.

Apresentara-se voluntário a acompanhar Álvaro na viagem ao Rio de Janeiro porque pretendia fazer alguns contatos que o ajudassem no futuro, quando precisasse negociar o resultado de sua descoberta das minas de prata.

O único ponto que fugira aos seus cálculos iniciais fora o fato de estar apaixonado por Cecília. Isso era algo que o obrigava a arquitetar planos mirabolantes em que raptava a moça e outras loucuras.

Devido a essa paixão, adivinhara em Álvaro um rival e não perdera a oportunidade de fazê-lo saber que conhecia seu segredo. Na verdade também queria chegar antes do entardecer para encontrar Cecília na hora da prece. Mas, enquanto só a veria de longe, Álvaro poderia aproximar-se, conversar e, com certeza, ser convidado para jantar com a família de D. Antônio.

Seu amor por Cecília fazia com que odiasse Álvaro e maquinasse sua desgraça.

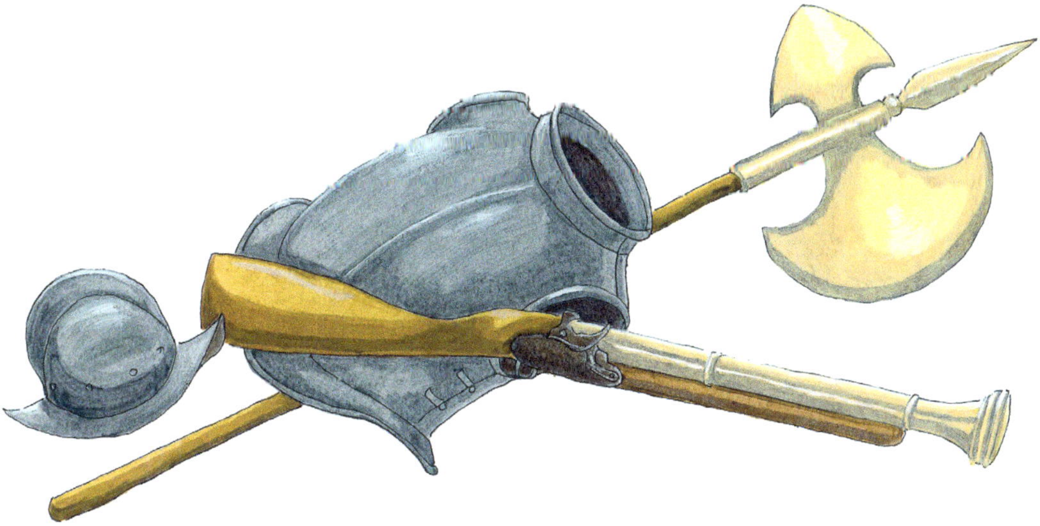

A casa-fortaleza

A casa larga e espaçosa tinha sido construída sobre uma elevação do terreno e cercada por uma muralha de pedra. Sua defesa fora prevista tanto na localização como no fato de sua ligação com a planície ser uma ponte de madeira que poderia ser defendida por poucos homens em caso de ataque.

Índios e brancos daquela região conheciam a casa, mas era a primeira vez que Peri entrava no lugar. Não fosse por vir em companhia de D. Antônio e sua família, com certeza as sentinelas que guardavam a entrada não o teriam deixado passar. Dessa vez apenas olhavam com estranheza, mas não se atreviam a indagar ao chefe supremo a razão de voltar para casa acompanhado de um índio.

Em circunstâncias normais, Peri talvez não aceitasse penetrar naquele lugar cercado, mas nesse momento, fascinado por Ceci, a seguiria até o inferno.

D. Antônio, agradecido ao índio por ter salvo a vida da filha, oferecia sua amizade:

– Tu és nosso amigo e convidado não apenas hoje, mas sempre que quiseres nos dar o prazer de tua presença.

– Peri aceita e promete voltar muitas vezes e proteger Ceci.

D. Lauriana ouviu a frase com desagrado. Talvez todos os indígenas a desagradassem por um motivo bem particular: ela desconfiava que Isabel fosse filha de D. Antônio com uma índia. Embora

isso tivesse acontecido antes de seu casamento, quando ele explorava aquelas terras, a presença da criança, criada como filha e tida como sobrinha, nunca lhe foi agradável.

Ao falar que retornaria muitas vezes, Peri olhou para Ceci, e a moça reforçou o convite do pai:

– Eu também gostaria muito que viesses sempre nos visitar.

D. Antônio estendeu a hospitalidade:

– Aceitas jantar conosco hoje?

Antes que o índio tivesse tempo de responder, ouviu-se um tropel de animais e todos avistaram os cavaleiros que se aproximavam. D. Antônio de Mariz exclamou:

– É Álvaro de Sá que está de volta.

Era um acontecimento naquele lugar isolado a chegada de viajantes que traziam novidades. A comitiva que voltava do Rio de Janeiro espalhou-se pela esplanada.

D. Antônio e família adiantaram-se para receber a tropa, ao mesmo tempo que surgiam outras pessoas vindas do interior da casa e os homens de serviço.

Peri correu para a muralha e de um salto pendurou-se numa grande árvore cujos galhos pendiam naquela direção.

Ceci ainda gritou:

– Peri, volta!

– Amanhã...

Álvaro apeou da montaria e adiantou-se em direção a D. Antônio e sua família, a tempo de perceber a simpatia da moça pelo índio.

Loredano também notou essa simpatia. Mas a frase de D. Antônio para os guardas é que pareceu extraordinária:

– Sabei todos vós que Peri pode entrar nesta casa, pelo portão ou pelos galhos das árvores, a qualquer hora, sem ser molestado. Quem o ferir ou maltratar terá o justo castigo!

Naquela casa-fortaleza, erguida na escarpa da serra dos Órgãos, a palavra de D. Antônio era ordem absoluta e indiscutível, daí a estranheza que fosse dada a Peri a total liberdade de entrar no local e dele sair a seu bel-prazer.

A prece

A tarde ia morrendo. O som de um clarim anunciou a Ave-Maria. Todos os homens descobriram-se.

Nesse instante penetrou na esplanada, vindo de uma caçada, o jovem D. Diogo, filho de D. Antônio. O pai o olhou severo, e o rapaz, percebendo que estava atrasado para a hora mais solene do dia naquelas paragens, apeou do cavalo, tirou o chapéu e se aproximou da família com a cabeça baixa.

A cerimônia continuou, e D. Antônio adiantou-se até a beira da esplanada, seguido por todos.

Álvaro ajoelhou-se ao lado de Cecília, embebido em contemplá-la. Loredano seguia os dois com o olhar e parabenizava-se por ter dado a saber a Álvaro que conhecia sua razão de chegar antes da hora da Ave-Maria.

Acabada a oração, os homens voltaram para o acampamento que se estendia do outro lado da esplanada, separado da casa principal. Loredano não teve outra alternativa senão segui-los.

Álvaro foi convidado a cear com a família. Enquanto os outros subiam os degraus da porta e entravam em casa, Álvaro falou para Cecília:

– Trouxe as encomendas que me fizestes... e uma que não me pedistes.

– Esta eu não quero! – respondeu a moça.

– É uma lembrança...

– Nesse caso, guardai-a, senhor Álvaro – ela falou sorrindo e adiantou-se para perto da família.

As encomendas de Cecília eram sedas, fitas, rendas e algumas joias. De sua parte, Álvaro comprara um bracelete de pérolas para presenteá-la, e ela recusava sem vê-lo.

Enquanto os dois conversavam, Isabel os seguia com o olhar, que poderia revelar seu interesse por Álvaro, mas no qual ninguém reparou.

A ceia foi longa e triste para o jovem enamorado, que sofria pela recusa de Cecília.

Quando as senhoras se retiraram, D. Antônio convidou Álvaro a ir até o seu gabinete; queria saber como tinham sido as negociações dos produtos e as novidades de Lisboa.

No acampamento, os recém-chegados também eram crivados de perguntas sobre a viagem e as supostas aventuras. Festejavam com comida e bebida. No meio da algazarra, um dos homens olhou para Loredano e perguntou:

– Por que estais tão calado?

O italiano resmungou:

– Não me amoleis, Bento Simões.

– Será que deixastes o coração no Rio de Janeiro?

Outro camarada deu uma gargalhada:

– Acaso achais que Loredano é homem para se amofinar com penas de amor?

O italiano manteve-se alheio às brincadeiras e esperou o momento em que Rui Soeiro passou junto dele para avisá-lo:

– Amanhã espero a vós e Bento Simões, para um acerto definitivo.

Falou isso e saiu solitário para a esplanada. Viu Álvaro, que voltava do jantar.

Álvaro sofria com a recusa da moça em receber o mimo que comprara para ela. Mas, não se dando por vencido, tomou uma decisão. Volteou a casa e, aproximando-se da janela do quarto de Cecília, colocou no beiral a caixinha com a joia.

Loredano o seguia e viu o gesto apaixonado de Álvaro. Assim que o moço se afastou, empurrou o presente para o precipício que se abria abaixo da janela.

Da árvore onde se refugiara, Peri observou os dois homens.

Presentes para Ceci

Na manhã do dia seguinte, Peri voltou ao casarão, mas dessa vez não veio por um galho de árvore, e sim pela esplanada, como faziam todos. Os guardas deixaram-no passar, obedecendo à ordem de D. Antônio, e o indígena tomou a direção do jardim que ladeava a casa. Lá estavam Cecília e Isabel se entretendo ao conversar, uma vez que naquele lugar distante as distrações eram poucas.

Cecília mostrou muita alegria em ver o índio, que se aproximou, satisfeito com a boa recepção, e ofereceu um cestinho que trazia nas mãos.

A jovem pegou o presente, agradecendo:

– Obrigada, Peri.

– Vê o que tem dentro.

Assim que ela ergueu a tampa, saíram voando vários beija-flores, que se espalharam nas árvores do jardim, batendo as asinhas e buscando as flores para sugar o néctar.

As duas moças riram da brincadeira. Cecília bateu palmas e falou para o índio:

– Que coisa mais linda!

– Peri fica feliz que Ceci gostou.

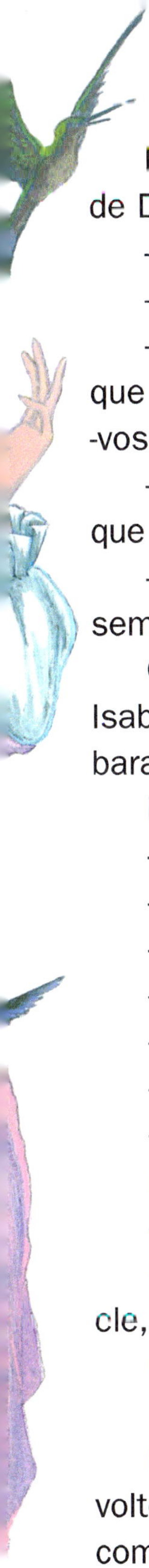

Nesse momento, Álvaro saiu da casa, depois de receber ordens de D. Antônio, e parou para falar com a moça:

– Posso esperar que me perdoeis pela falta que cometi?

– Não sei do que estais falando...

– Lembrai-vos de que ontem me mandastes guardar um objeto que eu trouxe sem vosso consentimento, mas tornei a desobedecer-vos e o coloquei no beiral de vossa janela.

– Não abrirei aquela janela enquanto o senhor não retirar de lá o que não me pertence. Já vos disse ontem: guardai-o como lembrança.

– Será uma triste recordação – disse Álvaro, afastando-se rápido, sem saber como redimir-se da culpa.

Cecília também se sentiu constrangida pelo olhar intenso de Isabel. A ação de Álvaro e o olhar de recriminação da prima a perturbaram, e sem querer duas lágrimas correram pelo seu rosto.

Peri aproximou-se com suavidade:

– Não chores! Peri vai buscar o que desejas.

– O que desejo?...

– Sim, Peri sabe, está ali – e apontou para o fundo do precipício.

– Quem te disse? – perguntou a menina, admirada.

– Os olhos de Peri.

– Tu viste?

– Sim.

E o índio escalou a amurada para descer ao fundo do fosso.

– Peri, não desças, volta!

– Peri desobedece à tua voz para obedecer ao teu coração – disse ele, desaparecendo entre as trepadeiras que cobriam o precipício.

Cecília ainda o chamou:

– Peri!

Mas ele já sumira entre a folhagem. Um quarto de hora depois, voltou trazendo uma bolsinha dentro da qual havia a caixa de veludo com um bracelete de pérolas. Cecília, sem se importar com a joia, segurou as mãos do índio e perguntou, preocupada:

– Não te machucaste?

– Tiveste medo? – perguntou Peri.

– Muito.

O índio sorriu:

– Peri conhece a selva, e a natureza abriga Peri.

Tinha encontrado a bolsa de seda pendurada em um galho e adivinhara ser o presente de Álvaro. Agora, ao ver por um momento Cecília olhar a joia, murmurou:

– Peri gostaria de oferecer algo que ficasse junto a Ceci.

– Eu não vou usar este bracelete, mas, se me deres uma flor, ficarei feliz.

No mesmo instante, Peri colheu uma flor vermelha no jardim e ofereceu à moça, que a colocou nos cabelos.

A bala perdida

Era parte da rotina que os homens saíssem cada dia em busca de caça ou de novas trilhas. Por isso não chamou a atenção de ninguém o fato de Loredano e seus cúmplices tomarem o rumo da mata naquela manhã.

Assim que chegaram ao esconderijo onde costumavam se reunir para conspirar, um dos homens indagou:

– Que notícia nos trazeis de São Sebastião do Rio de Janeiro?

– Ótimas! Encontrei a ligação de que precisávamos para negociar a prata que vamos encontrar.

Rui Soeiro quis assegurar-se mais uma vez:

– Tendes certeza de que vamos achar as minas de prata?

– Já vos disse, tenho o mapa de Robério Dias mostrando as minas.

– Onde está o mapa?

– É frágil a vida de um homem se essa for a única coisa que há entre nós e um tesouro.

– Que quereis dizer?

– O que já entendestes muito bem: se eu vos mostrar o mapa, podeis liquidar comigo por ambição.

– Nunca!

– Conto com isso. Mas vamos combinar os detalhes. Uma bandeira se organiza com muitos homens... e só conseguiremos todos os jagunços bem treinados de D. Antônio quando tivermos vencido a primeira etapa.

– Para quando planejais o levante?

– Com quantos homens contais? – respondeu com outra pergunta o italiano.

– Oito.

– E vós, Bento?

– Sete.

– Decididos?

– Prontos ao menor sinal.

– É o suficiente para tomarmos a casa, matar os que são fiéis a D. Antônio e liquidar também com ele e a família. Menos Cecília, que essa é a minha parte.

– E a outra moça?

– Se algum de vós quiserdes, podeis ficar com ela... ou melhor, tirai a sorte nos dados.

– Mas... e a data?

– Calma, amigos, mais alguns dias e seremos donos da casa, ponto de apoio para nossa investida até as minas de prata.

Nesse momento escutaram um tiro de espingarda e o som de cascos de cavalos em disparada.

Loredano fez sinal de silêncio aos outros, e todos se esconderam em meio à vegetação, tentando espiar o que se passava. Foi possível ver uma índia jovem ferida ser socorrida por dois índios e uma índia velha.

O italiano murmurou:

– Se os índios nos pegam, vão pensar que fomos os autores do desastre e nos matam e devoram.

– Que vamos fazer?

– Ficar escondidos o maior tempo possível e em silêncio.

Mas o que eles não podiam saber é que os índios tinham visto quem fizera o disparo e jurado vingança.

Antes que os aventureiros voltassem para a casa-fortaleza, a notícia já chegara até D. Antônio de Mariz. Seu filho D. Diogo, autor do tiro fatal, confessou ao pai o erro cometido.

D. Antônio avaliou o perigo e disse:

– Com tua imprudência, mataste uma criatura inocente, e estamos agora sujeitos à vingança de seu povo.

– Perdoai-me, meu pai. Lamento o que aconteceu, não foi minha intenção ferir essa moça...

– Tudo isso são palavras. Deste momento em diante, precisamos estar prontos para nos defendermos, porque eles reunirão centenas de aliados para nos atacar.

Em seguida D. Antônio chamou seu homem de confiança, Aires

Gomes, contou o que tinha acontecido e ordenou:

– É preciso manter vigilância constante. Corremos o risco de ser atacados.

Velho companheiro de luta de D. Antônio, Aires apenas sacudiu a cabeça, murmurando:

– Nunca se sabe.

D. Antônio recomendou:

– Não conteis nosso temor aos homens, nem o motivo da vigilância redobrada, para evitar alvoroço.

– Farei como mandais, porém preciso saber se Peri, que é índio, continuará a entrar e sair sem ser perturbado.

– Peri é goitacaz, e a índia morta é aimoré; sei disso por causa da flecha que foi atirada contra os nossos homens e ficou presa à sela do cavalo.

– Todos são índios e se entendem.

– Ao contrário, não se entendem, são inimigos, e podemos confiar em Peri.

– Vós é que sabeis.

Loredano e seus cúmplices voltaram no fim da tarde, pouco antes da convocação de Aires Gomes para transmitir a ordem de D. Antônio. Não era raro que reunisse os homens para dar instruções, mas daquela vez não se tratava de trabalho, e sim de segurança:

– De agora em diante, haverá sempre dois vigias na amurada, dia e noite.

Loredano se atreveu a indagar:

– Pode-se saber qual o perigo que nos ameaça?

– Ordens são para ser cumpridas, não devo explicações.

Os homens debandaram. Rui Soeiro cochichou para Loredano e Bento Simões:

– Eles já sabem da índia morta e estão com medo.

Bento acrescentou:

– Acho que isso vem em nossa ajuda.

Loredano discordou:

– Mas também pode atrapalhar. Veremos.

Amores desencontrados

Cecília entrou no quarto de Isabel, aproximou-se sem ser vista e deu-lhe um beijo no rosto. Quando a prima voltou o rosto em sua direção, Ceci percebeu seus olhos avermelhados de um choro recente e falou:

– Eu sei de onde vem tua tristeza. Estou aqui porque adivinhei teu segredo.

– Não sei a que te referes.

– Sabes, sim! E acho que não devia haver segredos entre nós, que somos como irmãs. Notei hoje tua perturbação quando ficou claro que Álvaro me oferecera um presente e eu recusara...

– E que tenho eu com isso?

– Com o presente, nada; mas com Álvaro, muito...

– Não entendo.

– Não há motivo para negar que o amas.

Isabel escondeu o rosto nas mãos para disfarçar o rubor que lhe subia às faces. Depois, fazendo um esforço supremo, falou:

– Juro que saberei calar meu coração antes de dar-te uma sombra de tristeza.

– Não! – exclamou Cecília. – Não é isso que te peço. Bem ao contrário, quero que sejas feliz.

– Que eu seja feliz?

– Sim, que tu o ames, e ele a ti.

– Isso é impossível.

– Por quê?

– É a ti que ele ama.

– Pouco me importa o que ele sente a meu respeito. Falando nisso, trouxe este mimo que ele insiste em me dar. Peço que sejas a portadora da devolução.

– Eu?

– Sim, para que ele entenda, de uma vez por todas, que não o quero. E, ao mesmo tempo, para que possas te aproximar dele e, quem sabe, fazê-lo entender que é a ti que deve cortejar.

– Não posso forçar um encontro...

– Disso me encarrego eu. Hoje mesmo peço ao meu pai que nos leve a passeio e que Álvaro nos acompanhe. Quando estivermos na mata, será fácil criar uma situação para que tu e ele fiquem a sós.

– Tenho medo...

Enquanto as duas jovens trocavam confidências, D. Antônio de Mariz, em seu gabinete, tinha uma conversa muito séria com seu filho Diogo e com Álvaro.

– Chamei-vos aqui para comunicar que fiz meu testamento.

– Por que essa resolução, meu pai?

– O momento é crítico, e minha idade é avançada...

– Vós ainda sois um homem forte e com muitos anos de vida – falou Álvaro.

D. Antônio prosseguiu:

– Fiz meu testamento e quero comunicá-lo a ti, meu filho, que será meu sucessor e chefe da família quando eu faltar. E também a ti, Álvaro, a quem confio a felicidade de Cecília e a quem amo como um filho. Em primeiro lugar, peço que sejais sempre como irmãos.

Os dois jovens abraçaram-se, comovidos.

D. Antônio fez uma ligeira pausa. Mudando o tom de voz, falou mais baixo e com certo constrangimento:

– Nesta hora sou obrigado a confessar-vos uma falta minha do passado. Tenho outra filha, a quem chamo de sobrinha para poder protegê-la e cuidar de seu futuro...

– Isabel?! – exclamou Diogo.

– Sim, Isabel é minha filha. Peço a ambos que, quando eu faltar, cuideis dela como tal. Essa é minha última disposição, e sei que a cumprireis.

Os dois estenderam as mãos em juramento. D. Antônio abraçou-os e concluiu:

– Antes de executar minha vontade, sabeis que essas resoluções devem permanecer em segredo, como convém a um testamento. Mas em breve desejo realizar uma parte de minhas decisões... – disse sorrindo para Álvaro. – Já adivinhaste do que se trata?

Álvaro também sorriu e respondeu:

– Da minha felicidade.

D. Antônio apertou-lhe a mão:

– Isso mesmo, meu filho.

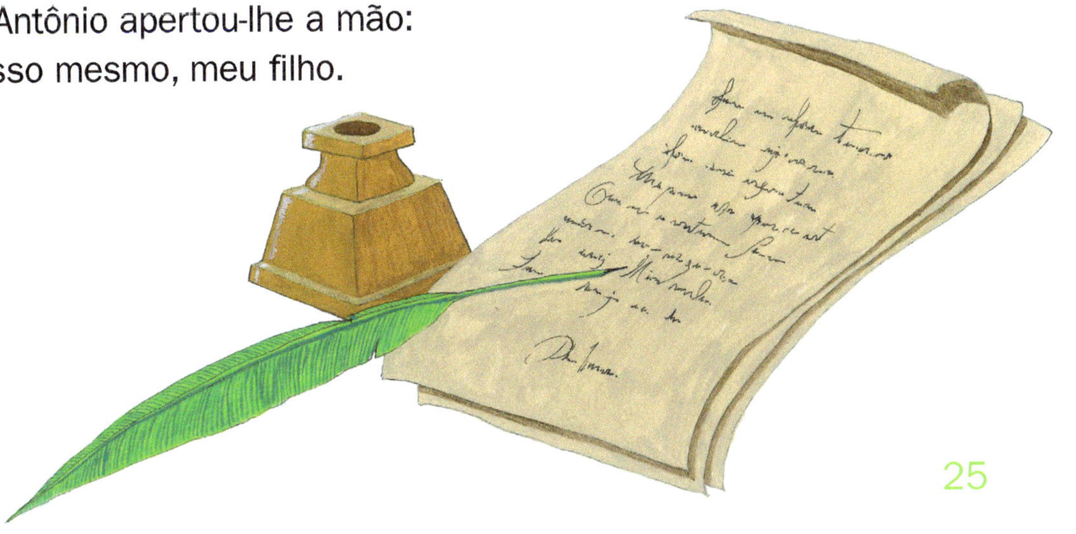

Ainda os amores

As duas moças passeavam no jardim junto à casa quando D. Antônio, acompanhado de Álvaro e Diogo, saiu de seu gabinete.

Cecília sentia que era o momento apropriado para conseguir o passeio pretendido e se aproximou do pai, dizendo:

– Que achais de darmos um passeio? Se vós e D. Álvaro estiverdes dispostos a nos acompanhar...

D. Antônio sorriu e olhou para Álvaro com cumplicidade, achando que aquilo vinha ao encontro dos planos de noivado. Respondeu à filha:

– Cumpriremos tua vontade, como sempre.

Diogo tratou de se afastar discretamente, antes que fosse incluído naquele programa que considerava sem a menor graça.

Cecília insistiu:

– E vós, senhor Álvaro?

– Eu obedeço.

Nesse momento, apareceu Aires Gomes com o olhar aflito, querendo falar com o chefe.

– Acho que Aires traz notícia urgente. Tu me liberas por um instante, Cecília? Podes estar certa de que volto logo – disse D. Antônio à filha, e caminhou em direção à esplanada com o ajudante de ordens.

Cecília temeu que seu pretexto para deixar Isabel e Álvaro a sós estivesse comprometido e deu uma solução para não frustrar seu plano:

– Desculpai-me, senhor Álvaro, preciso ir buscar uma mantilha. Fazei companhia a Isabel por um instante.

Ao ficar a sós com Álvaro no jardim, Isabel tirou do bolso do vestido o pequeno estojo com o bracelete e estendeu-o ao jovem, dizendo:

– Cecília diz que isto vos pertence.

– O malfadado bracelete!

– Ele é vosso, não?

– Se é meu, então eu vos peço que o aceiteis como presente.

– Não, senhor Álvaro, sou uma pobre órfã sem família, que vive da compaixão alheia, mas tenho meu orgulho...

– Perdoai-me, não quis vos ofender.

– Nunca me sentiria ofendida por vós...

– Não estou entendendo...

– Agora sou eu que peço que me perdoeis.

– Perdoar-vos? Não tenho de que vos perdoar, Isabel. Esse bracelete...

– Não se trata disso.

– Então, a que vos referíeis?

– Aos meus sentimentos...

Álvaro lembrou-se da revelação de D. Antônio e de seu pedido para protegerem Isabel. Achou que devia pôr-se à disposição para ajudar aquela jovem tão infeliz desde a infância, por isso ofereceu:

– Dizei-me o que vos oprime, estou à vossa disposição...

– Não seria correto...

– Não estou aqui para vos julgar; contai-me vossas mágoas...

– Eu vos amo... foi por isso que Cecília nos deixou a sós e me pediu para ser portadora do bracelete...

Álvaro, ao ouvir aquelas palavras, teve certeza de que Cecília não o amava – e essa descoberta tinha lugar no mesmo dia em que D. Antônio lhe dera a mão de sua filha. Tentou superar a própria desilusão e dar uma resposta honesta a Isabel, que não era culpada de coisa alguma:

– Não posso ser para vós senão um irmão. Mas esse título, sinto que o mereço pela estima e pela afeição que me inspirais. Adeus, minha boa irmã.

O moço pronunciou essas últimas palavras com uma terna efusão, apertando a mão de Isabel.

Nesse momento, voltavam quase ao mesmo tempo D. Antônio e Cecília. Ela falando, muito animada:

– Então, meu pai, vamos ao passeio?

D. Antônio informou:

– Tive notícias, trazidas por Aires Gomes, que me impedem de afastar-me de casa, desculpa-me. Vem comigo, Álvaro.

Preparando-se para a luta

Antes que D. Antônio e Álvaro se afastassem, Peri saltou da árvore, que era sua porta de entrada, e caiu entre eles no jardim.

Ceci indagou:

– Peri, onde andavas? Sumiste por mais de dois dias...

Todos se voltaram para o índio, que explicou:

– Fui em busca de meu povo guarani, para que viessem lutar contra nossos inimigos aimorés. Cheguei tarde, tinham seguido para o sul.

D. Antônio e Álvaro entenderam o que o índio estava dizendo e perceberam sua lealdade em tentar ajudá-los na defesa contra os aimorés.

As moças desconheciam o perigo iminente do ataque, e Ceci o recriminou:

– Esqueceste de nós?

D. Antônio olhou para o índio, como a pedir que não contasse a verdade à jovem. Peri emendou sua resposta:

– Agora vim para ficar. Não vou mais sair daqui... Estou às ordens para tudo o que possa acontecer – disse, voltando-se para D. Antônio.

Ceci riu:

– Peri, estás muito misterioso hoje.

– Coisas de índio.

D. Antônio convidou:

– Peri, vem comigo e com Álvaro. Vou tomar algumas decisões e te quero por perto.

Os três homens entraram no gabinete de D. Antônio. Peri não gostava de sentar em cadeiras e, como de costume, acomodou-se no chão sobre uma almofada. D. Antônio abriu o jogo:

– Tua informação de que os aimorés vão nos atacar é a mesma que recebi agora há pouco de Aires Gomes. Precisamos tomar providências de defesa. São milhares de índios, e nós aqui não chegamos a cinquenta homens.

Álvaro argumentou:

– Podemos ser em menor número, mas dispomos de armas de fogo, além de estarmos abrigados numa fortaleza.

D. Antônio, que tinha experiência militar, falou:

– Pode-se resistir por algum tempo, mas a longo prazo ganha quem puder renovar suas munições, de boca e de fogo. Cercados, terminaremos vencidos pela fome.

– Nesse caso precisaremos de reforços vindos de fora. Poderíeis pedir socorro a São Sebastião do Rio de Janeiro para que viessem em nossa ajuda.

– Foi o que pensei. E isso tem de ser rápido, antes que os aimorés impeçam a saída de nosso mensageiro.

– Quereis que eu convoque alguém para essa viagem?

– Quatro homens de confiança para acompanhar meu filho Diogo.

Álvaro foi cuidar dos preparativos para aquela incursão e Peri se encarregou de chamar Diogo.

D. Antônio ficou a sós no escritório e escreveu duas cartas, uma para Martim de Sá, governador da capitania, e outra para o irmão de D. Lauriana.

Assim que D. Diogo entrou, o pai explicou-lhe a situação desesperada e a necessidade de que seguisse viagem em busca de socorro. O rapaz protestou:

– Por minha imprudência, fui o causador da revolta dos aimorés e acho que o meu lugar é junto aos combatentes.

– Reconheço tua coragem em querer participar da luta, mas serás mais útil se fores buscar socorro e chegares a tempo de nos salvar a todos. Pega estas cartas. Uma é para o governador; a outra, para teu tio Crispim Tenreiro, que fará com que a primeira tenha melhor acolhida. Isso certamente resultará no envio de tropas para nos ajudar nessa empreitada.

– Parto neste instante; dai-me vossa bênção.

– Deus te abençoe, meu filho. Despede-te de tua mãe e de tuas irmãs, mas não digas o motivo da viagem para não alarmá-las. Álvaro está providenciando os homens que te acompanharão nessa diligência. Vai com Deus.

A conspiração

A partida de Diogo fez Loredano apressar o plano de rebelião, conforme explicou a seus dois homens de confiança:

– O momento é agora, eles acabam de diminuir sua tropa em cinco homens.

Rui Soeiro e Bento Simões ficaram atentos, e o italiano continuou:

– Oferecei-vos para ficar de guarda, e eu me aproximo dando um pio de coruja.

– Qual a senha?

– Prata.

Loredano continuou:

– Quantos homens temos a nosso favor?

– Vinte.

– E eles?

– Na tropa, dezenove, fora o chefe e sua gente de dentro de casa. Mais o índio, é claro.

– O que interessa é a tropa. Combinai com os nossos que cada

homem, quando for se deitar para dormir, trate de ficar ao lado do um dos inimigos.

– Não estou entendendo.

– Dizei aos nossos que não durmam. E que tenham o punhal ao alcance da mão, para usá-lo quando ouvirem o grito de ataque.

– Excelente!

– Vamos tomar essa “fortaleza” sem dar um tiro.

– Perfeito!

Loredano quis saber:

– E as fogueiras para o incêndio?

– Vamos armar, ao escurecer, palha em cada canto para criar o pânico.

– Amanhã partiremos em busca das minas de prata... e eu levando minha presa.

– O quê?

– A menina, já não falei nisso?

– E a outra, quem leva?

– Assunto vosso – disse Loredano rindo, enquanto se afastava.

Bento Simões propôs:

– Podemos decidir nos dados quem ganha a mestiça.

Rui Soeiro respondeu sério:

– Talvez eu pense em uma solução melhor.

– Fazei como quiserdes.

Sem ser visto, Peri escutou tudo o que os conspiradores diziam, acomodado entre a folhagem de sua árvore predileta. Quando ouviu Loredano falar em menina, entendeu logo que se tratava de Ceci. O índio precisou se conter para não pular no pescoço do traidor.

Esperou que os três amotinados se afastassem e saltou da árvore direto no jardim, como costumava fazer. Durante todo aquele fim de dia, tentou

falar com D. Antônio e avisá-lo do que estava sendo tramado, mas não conseguiu. O fidalgo e Álvaro se ocupavam em traçar a estratégia de defesa contra os aimorés de forma a resistirem com o mínimo de perdas, até a chegada das tropas que D. Diogo fora buscar.

À noite, Peri concluiu que precisava agir sozinho. A escuridão ajudou-o a manter-se como uma sombra em torno dos três chefes da rebelião, seguindo seus passos.

Rui Soeiro e Bento Simões estavam de guarda, o que facilitava a ação dos insurretos.

O motim

Pelas tantas da noite, Peri escutou um pio de coruja e estranhou que o som viesse do chão – ele sabia que a ave sempre está no alto. Ficou atento e logo viu dois vultos se encaminharem para o alpendre. Entendeu que o pio da coruja era o sinal para Rui Soeiro e Bento Simões abandonarem seus postos de guarda. Decidiu segui-los. Ouviu, em seguida, a voz de Bento:

– Rui, sois vós?

– Sim.

– Por que me chamastes antes da hora marcada? O pio da coruja deveria ser dado por Loredano.

– Para decidirmos um assunto pessoal.

– O quê?

– Quem fica com a moça.

– Quereis me dizer que estais apaixonado?

– E se estiver?

– Que loucura é essa?

Bento não tornou a falar. Peri ouviu o baque do corpo contra o chão. Rui tinha matado o companheiro. O índio teve certeza de que aqueles homens eram mais perigosos do que se supunha. Sua ideia foi avisar Aires Gomes, e seguiu em direção ao seu alojamento. Diante da porta havia um montão de palha, mais uma das fogueiras preparadas pelos amotinados.

Aires não gostava do índio e menos ainda de ser acordado no meio da noite, mas ficou convencido, diante da palha, de que algo havia de verdade no que Peri lhe contava sobre a conspiração. Decidiu acordar os homens e assim evitar o pior. Tocou o sino de despertar e deu ordem:

– Todos para a esplanada!

No pátio, iluminado por tochas, os homens viram o corpo de Bento Simões em uma poça de sangue. Loredano resolveu tirar partido da nova situação e se pôs a clamar:

– Quem pode estar planejando a morte de todos nós? Quem é nosso inimigo oculto? Quem é o traidor que está entre nós?

Algumas vozes murmuraram:

– Peri?

Loredano reforçou:

– Ele é nosso inimigo por natureza! E planeja vingança contra cada um de nós!

As vozes se ergueram:

– O corpo de Bento Simões pede justiça!

– E será feita agora mesmo.

Mas Loredano queria usar sua raiva contra um alvo mais importante do que Peri, e deteve os companheiros:

– Pretendeis matá-lo?

– É o que ele merece.

– Não podeis fazer isso!

– Por quê?

– Ele é protegido por aqueles que pouco se importam com nossas vidas.

– Pode ser protegido, mas é criminoso...

– Outros o julgarão inocente e vos culparão...

– Não pode ser!

– Aqui não passamos de escravos. Pagareis com vossas vidas se atacardes Peri.

– Veremos! Se nos negarem justiça, ficaremos desligados de qualquer compromisso e passaremos a agir de acordo com nossa vontade!

Loredano tinha conseguido incendiar todo o bando contra a autoridade de D. Antônio de Mariz. Bastava agora manobrá-los para os seus fins.

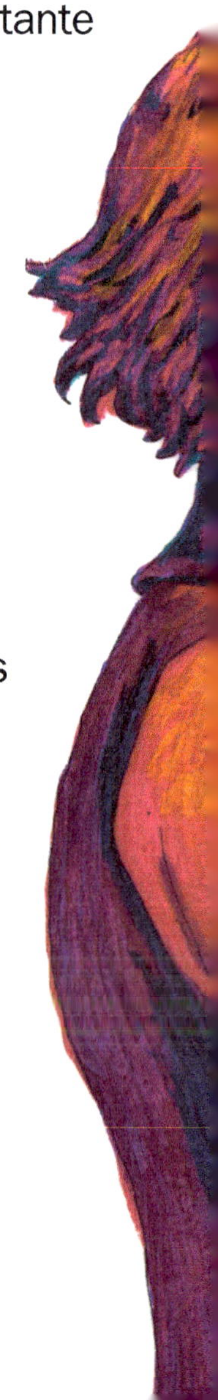

D. Antônio, avisado por Peri e por Aires Gomes, pressentiu o motim e veio ao encontro dos homens.

Adiantou-se pela esplanada e, quando viu o corpo de Bento Simões, indagou:

– Que significa isto? Quero saber o que aconteceu, ou acaso tentais acobertar culpados?

Loredano sentiu que aquelas palavras podiam fazer os homens cederem, desarmando seu plano de rebelião. O momento era decisivo, e o italiano adiantou-se:

– Não há culpados aqui, D. Antônio de Mariz, há homens que são tratados como cães, que são sacrificados e estão resolvidos a lutar por seus direitos!

Aquelas palavras acenderam outra vez o estopim da sedição, e os homens gritaram:

– Queremos que respeiteis nossa vida!

– Não somos escravos.

– Valemos mais que um herege!

Desembainhando as adagas, estreitaram o círculo em torno de D. Antônio.

Nesse instante, Álvaro, Aires e Peri, que por ordem de D. Antônio tinham se mantido afastados do tumulto, deram o primeiro passo em direção aos amotinados. Sua atuação foi detida por uma chuva de flechas que cruzou os ares. Rui Soeiro caiu morto por uma delas. Peri sentiu que era o castigo pelo assassinato de Bento Simões.

Os homens gritaram:

– Os aimorés!

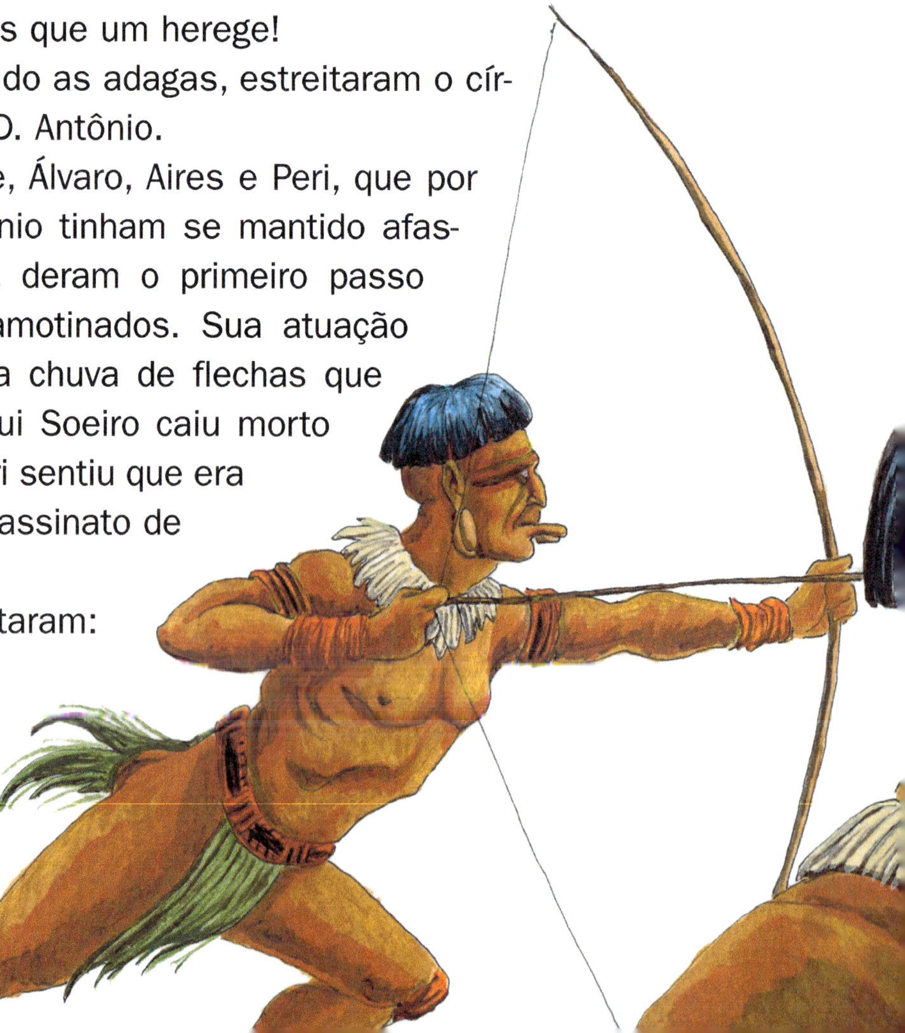

A casa sitiada

O ataque dos aimorés obrigou os amotinados a se submeterem ao comando de D. Antônio de Mariz e também forçou o fidalgo a aceitá-los de volta como se nada tivesse acontecido. Os ressentimentos ficaram para mais tarde, se por acaso conseguissem resistir ao ataque de milhares de aimorés, que quase não davam trégua.

O único ponto vulnerável da casa-fortaleza era a entrada da esplanada. Ali se concentrava o ataque dos indígenas. Mas também, de um certo modo, podia ser defendida com menos homens.

Estavam cercados, e a situação foi se agravando, com falta de alimento e até de água, nos dias que se seguiram. A única esperança era o possível reforço que Diogo fora buscar, mas o Rio de Janeiro estava a alguns dias de viagem, e a ajuda poderia demorar mais do que conseguiriam resistir.

A família de D. Antônio se refugiou na parte interna da residência. Lá as mulheres ajudavam a cuidar dos feridos, e D. Lauriana tentava encorajar a todos.

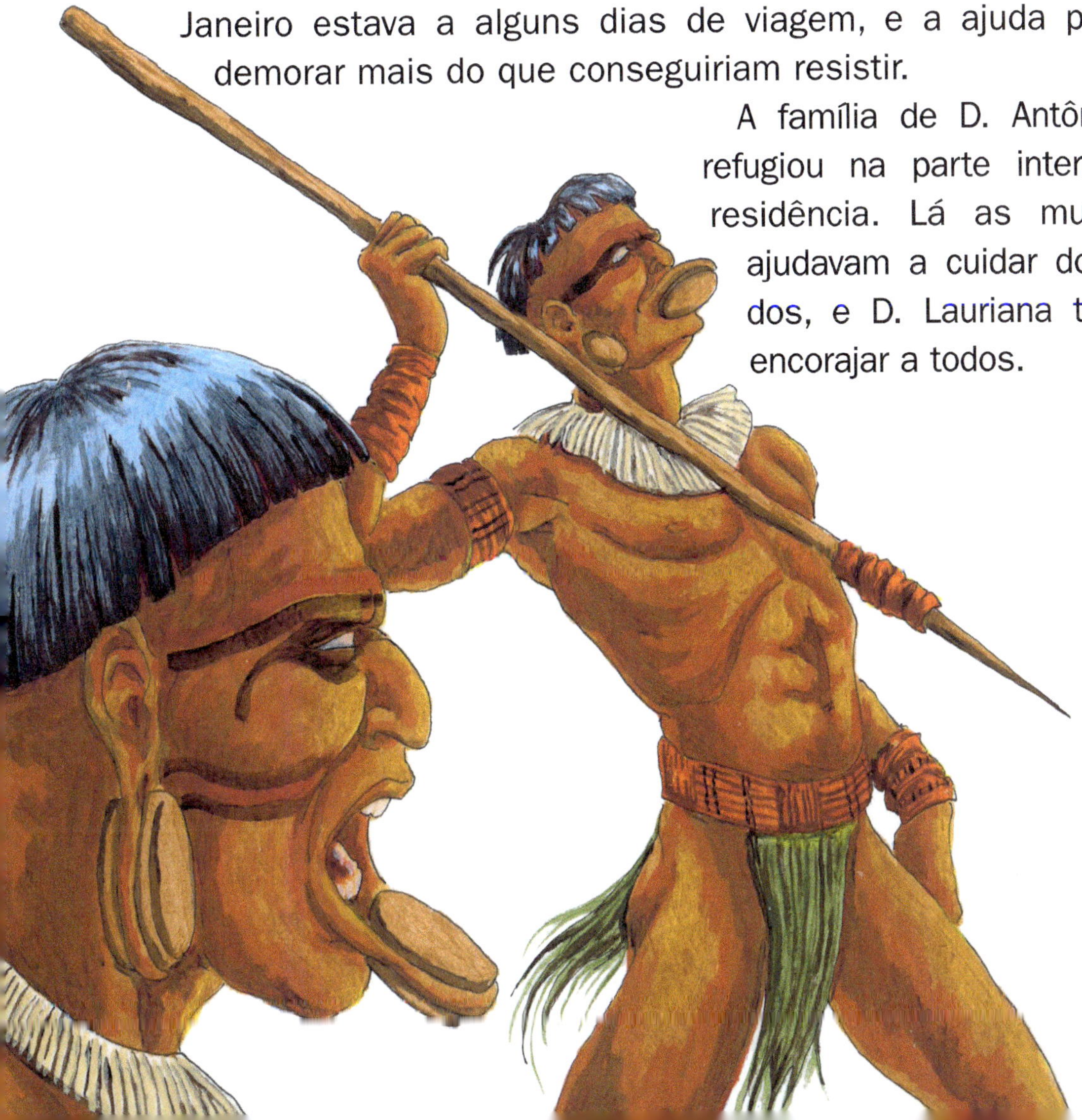

Peri participava dos combates, mas voltava sempre ao interior da casa para saber como estava Cecília. Por sua vez, Isabel espiava pelas frestas das janelas o que se passava com Álvaro na esplanada. Quando o viu entrar com uma mancha vermelha no ombro, precipitou-se em sua direção:

– Estais ferido?

– Acalmai-vos, Isabel, a flecha apenas rasgou meu gibão, e o forro é da cor do sangue.

– Desculpai-me. Temeis que minha aflição revele meu amor...

– Sou eu que tenho medo de vos amar.

– Não vos compreendo.

– Estou comprometido... Só a morte pode me desligar da promessa que fiz a D. Antônio de casar com Cecília.

– Tendes razão, só a morte pode nos libertar.

– Não faleis assim, Isabel.

Nesse momento Peri entrou, trazendo caça e frutas da floresta. O índio, usando o caminho que conhecia, por cima das árvores, se arriscava para ir buscar alimentos que aliviassem a situação de penúria a que todos estavam reduzidos.

Ao vê-lo, Cecília ficou animada, mas o recriminou:

– Peri, não quero que arrisques tua vida por nós.

– Conheço os caminhos da mata e vou sempre voltar para perto de Ceci.

Num intervalo de combate, D. Antônio de Mariz chamou Álvaro ao seu gabinete e explicou:

– Preciso te falar da minha estratégia derradeira, pois, se eu morrer na luta...

– Não digais isso!

– Já perdemos muitos homens...

– Os aimorés têm tido perdas mais pesadas do que as nossas.

– Mas eles são muito mais numerosos, e nós estamos cercados, sem saída.

– Podem chegar os reforços que Diogo foi buscar.

– Não chegarão a tempo...

– Por que dizeis isso?

– Estamos reduzidos a um punhado de homens, e nem todos são fiéis. Apenas combatem ao nosso lado porque temem os aimorés mais do que a mim. Nossos mantimentos estão à míngua. Se não fosse o que Peri às vezes consegue, estaríamos passando fome.

– Nesse caso, o que sugeris?

– Minha arma final é, no último instante, explodir o paiol de pólvora e fazer tudo ir pelos ares.

– Morte geral?

– Melhor morrer assim do que nas mãos dos indígenas, se invadirem esta casa.

– E as mulheres?

– Elas, mais que ninguém, precisam ser poupadas de cair em mãos inimigas. Por isso te peço, se eu morrer antes, faz explodir o paiol! Não deixes os sobreviventes caírem prisioneiros dos aimorés.

Pelo tiroteio e pela gritaria que se ouvia do lado de fora, era evidente que o combate recomeçara. Álvaro saiu às pressas para retomar seu lugar na luta.

Derrota e fuga

Peri entrou na sala onde estavam refugiadas as mulheres, trazendo aos ombros o corpo inanimado de Álvaro.

– Que aconteceu? – perguntou Cecília.

Não era preciso resposta, todos podiam entender que o jovem cavalheiro fora abatido em combate. Isabel sentiu que ia desfalecer de dor e fez um esforço enorme para manter-se firme. D. Lauriana examinou o corpo, que Peri colocou no sofá, tentando encontrar sinais de vida.

Isabel, tirando forças de seu amor por Álvaro, conseguiu falar:

– Por favor, Peri, carrega-o até o quarto para que repouse melhor.

D. Lauriana ia declarar que Álvaro estava morto, mas foi detida pelo olhar de Cecília, implorando que se calasse. Tinha entendido o desejo da "prima" de ficar a sós com o amado e queria ajudar a realizá-lo.

Peri carregou o corpo inerte; Isabel indicou o próprio quarto para que o depusesse em sua cama. Assim que ficou a sós com Álvaro, a moça aproximou-se e falou junto ao seu rosto:

– Eu te amo para sempre e vou te acompanhar em tua última viagem.

Em seguida, procurou uma redoma de vidro, onde guardava uma mecha de cabelos de sua mãe. Abrindo-a, tirou do fundo uma quantidade de curare, poderoso veneno indígena que a levaria com rapidez para as mesmas paragens onde agora Álvaro repousava.

Bebeu o pó com um pouco de água e deitou-se ao lado daquele que seria seu noivo para sempre.

A morte de Álvaro levou D. Antônio a tomar uma decisão heroica. Ele chamou Peri à parte e perguntou:

– Se fosse necessário salvar Cecília, levando-a embora daqui, tu o conseguirias?

– Posso levá-la e a ti também.

– Meu lugar é aqui, lutando até o fim.

– Compreendo.

– Eu confio em ti, Peri, e sei que és correto como o melhor dos cavalheiros. Por isso quero entregar-te minha filha para que a leves, sã e salva, até a casa de minha irmã, no Rio de Janeiro.

– Peri leva.

– Se não puderes conduzi-la até lá, não permitas que caia em mãos inimigas.

– Peri vai levar Ceci aonde ela quiser.

D. Antônio o abraçou emocionado:

– És o filho que me restou.

Em seguida, falou sobre seu plano com a filha, que reagiu:

– Eu fico com minha família e morro aqui.

– Não farás isso, deves seguir com Peri e salvar-te.

– Por quê?

– Todos devemos lutar por nossas vidas.

– E vós e minha mãe?

– Tenho de ficar com meus homens. E tua mãe, comigo.

– Não posso.

– Podes, sim. Peri te ama mais do que tudo neste mundo e saberá proteger-te.

Foi uma longa conversa, em meio às flechas incendiárias que caíam por todo lado, pondo fogo no último refúgio da resistência aos aimorés. Por fim a moça cedeu, e Peri a carregou sem perda de tempo rumo à árvore – o único caminho para fugirem do cerco.

A tempestade

Dois dias depois, o pequeno barco em que Peri e Ceci tinham fugido, pelas águas do Paquequer, navegava no Paraíba. Passado o choro quase contínuo de Ceci pela perda dos pais, a moça agora parecia um pouco mais conformada. Peri, como de costume, fazia de tudo para agradá-la: oferecia-lhe frutas e flores, quando atracavam para pernoite, ou forrava o fundo do barco com folhas macias para tornar a viagem menos desconfortável.

Ao olhar para a margem do rio e calcular a distância percorrida, o indígena disse:

– Dentro de dois dias chegaremos à nação Goitacaz. Lá conseguirei um barco maior e guerreiros para nos acompanhar até o Rio de Janeiro, onde deixarei Ceci com a tia.

– Tu me deixarás? Não vais ficar comigo?

– Peri é filho da natureza, não pode viver numa cidade. Por mais que sofra em se separar de Ceci, vai precisar voltar.

– Nunca! És tudo o que eu tenho!

– Ceci viverá com sua gente na cidade.

– Não quero ir para a cidade. Também sou filha da natureza, sempre vivi às margens do rio Paquequer, em meio à mata. Quero ficar com Peri.

– Viver numa grande casa de brancos com objetos e maneiras de brancos é muito diferente dos costumes dos goitacazes.

– Se Peri me ajudar, vou aprender rápido a viver na selva.

Aquelas palavras eram muito mais do que Peri podia esperar ouvir. Sua felicidade só não foi completa porque seus olhos viram o horizonte negro, coberto de súbitas nuvens escuras que anunciavam tempestade.

Para não assustar Ceci, apenas disse:

– Vou atracar a embarcação e hoje vamos descansar mais cedo.

A chuva forte começou a cair antes que Peri encontrasse uma enseada que servisse para desembarque. Ele falou para Ceci:

– Não tenhas medo, confia em mim.

Tentou remar para a margem, mas o vento forte o impedia. A correnteza levava a leve embarcação sem que Peri pudesse interferir. Estavam sem rumo em meio à chuva e à ventania. Relâmpagos cortavam o céu escuro em pleno dia, e Ceci gritou:

– Socorro, Peri!

Ao ouvir aquele pedido desesperado, teve medo de que ela fosse levada pelas águas e voltou-se para protegê-la com o corpo. Na aflição por salvar sua amada, Peri perdeu o remo, que, embora de pouca valia diante de tamanha fúria dos elementos, ainda era a única esperança de conseguir levar o barco até a margem.

Abraçados, em meio às águas revoltas do Paraíba, Peri e Ceci seguiram juntos para a eternidade, guiados por seu amor imortal.

Quem foi José de Alencar?

José de Alencar nasceu em Mecejana (Ceará) em 1829. Filho de político influente, mudou-se com os pais para o Rio de Janeiro em 1838. Estudou Direito em São Paulo e em Olinda (Pernambuco). Trabalhou como jornalista e escreveu peças de teatro.

Em 1857, lançou seu livro mais importante: *O guarani*. Elegeu-se deputado em 1861, mas decepcionou-se com a política e passou a se dedicar cada vez mais à literatura, fazendo bastante sucesso como escritor. Escreveu ainda *Iracema*, *Senhora* e *O sertanejo*.

Morreu no Rio de Janeiro em 1877, já considerado um dos maiores escritores brasileiros de todos os tempos.

Quem é Edy Lima?

Edy Lima nasceu em Bagé (RS) em 1924 e passou a maior parte da vida em São Paulo, onde mora. Jornalista, editora, produtora de discos, autora de peças de teatro e novelas de tevê, publicou cerca de cinquenta livros, a maior parte para o público infantil.

Autora do clássico *A vaca voadora*, tem obras traduzidas para o italiano, o espanhol e o catalão. Ganhou os prêmios Jabuti, o da Associação Paulista dos Críticos de Arte (APCA) e o do Serviço Nacional de Teatro (SNT). Para a Série Reencontro Literatura adaptou *Alice no País das Maravilhas* e *As aventuras de Tom Sawyer*. Para a Reencontro Infantil, assinou a adaptação de *Os Miseráveis* e *Oliver Twist*.

Quem é Ricardo Costa?

Ricardo Costa nasceu em São Paulo em 1969. Estudou Artes Plásticas na Fundação Armando Álvares Penteado (FAAP). Fez cursos de orientação e acompanhamento de produção com artistas e teóricos como Leda Catunda, Dora Longo Bahia e Felipe Chaimovicki. Já ilustrou diversos jornais, revistas e livros, entre eles *Robinson Crusoé* e *Viagens de Gulliver*.

É também cenógrafo e figurinista.